しだれて…桜

内藤恵子

エディット・パルク

目次

Ⅰ

Ⅱ

Ⅲ

Ⅵ

Ⅶ

凡例

一、詩『しだれて…桜』は、同人誌『Messier』三八号（二〇一一年十一月）、四八号（二〇一六年十一月）から六三号（二〇二四年六月）に発表したもの、新たに加えた詩八篇から成る。

二、「落柿舎」、「廬山寺」「しだれて…桜」の各詩にはドイツ訳を添えた。

しだれて…桜

I

「作品　銅版画　黒」

重力に逆らって一線を保とうとする黒線
たるみを生まない努力
緊張する直線

上から下へ
左から右へ
ばらける
重り合い　交差し合い
白い空間を黒くよぎる

彫り刷りに汗をながし
線に黒色の盛り上がりを残す
線の集合に
滲む

黒点が生れる
偶然に偶然が重なり
平面が立体となる
無意図が意図に変わり
一回限りの
黒線の空間

藪の向うに
とりの巣か
円形が落ちて
ひっかかっている

※新野耕司銅版画の一をみて

デコポン

白い平面に
橙色の球体
緑のでこぼこ
テーブルの上の陰影
壁に並ぶ果実二つ
重い
慌てて両手で受ける

丸く突び出す先端
中へ落ち込み
まわりは盛り上がる
胴体につく突起

皮をむく

胡蝶蘭

じっと見詰める
ひたすら写す
蝶　ひとみから舞い込み
脳内宇宙を飛び回り
指先から羽搏く

眼　視覚野が働き
脳　海馬が解体　分析
電子　放たれ　手を動かし
外へ放出

言葉はいらぬ
筆は欠かせない
線が立ち上がり　重なり　絡み合い
高さ　厚さを得て

平面が立体へ
彩色されて
像へと結集
胡蝶蘭　画面に浮ぶ

対象は拡張
ある時は白い侘助　深紅の牡丹
ある時は富士　スカイツリー　エベレスト

大宇宙を征服　縮小
画面に閉じ込め　独占
我がものと出来ようか

微少火薬
火花をちらし
物体と格闘
カンバスに我が花開く

"Malerei ist Poesie ohne Worte"

〝絵画　言葉のない詩〟
詩　言葉で描く絵画
音楽　音にこめられた詩
詩　言葉で奏でる音楽

詩心を源に
詩がどこかに潜む
心が震え　魂が揺られ
何か生れる　何か作られる

ロボット
機械構造　データーの集積
歌い　描き　奏でる
心のさざ波を　だが
解読　捉えられようか

美が創造できようか

複雑怪奇　整合性なし　心は
逸脱の是正　文化の創造
だがバリアを乗り越え脱走す

破壊行為は詩
法則を失う際涯
ＡＩは創造出来ようか

とはいえ　心とて
物理的電気信号で

Ⅱ

落柿舎

ラインハルト・デールへ

林の中にひっそりと落柿舎はある
新緑もえ立つ庭の去来の墓
線香を立て　不器用に手を合わせる
木影に軋むベンチに坐り　俳句をねり
梢の木箱に入れる

あの歌はどこにあるのか
まだ雨に打たれているのか

古屋の入り口に掛かる蓑と笠
亭主は今在宅中と　笑って頷き合う

ひなびたあずまやの静寂に
柿の葉をゆらす煌めきに

立ち騒ぐ木々の風音に
古の歌人《うたびと》は生き続けると
何気なく洩らす言葉が
今に甦る

年経たぬ間に
かの人の訃報を聞く

最後の旅と訪れる古都
たえず微笑がこぼれる

燃え立つ苔の青緑を散策しても
ゆば雑炊の甘味にむせんでも
庭石に坐り　池のさざ波を見詰めても
病める人はあくまでも晴れやか

だが今　散りくる花びらを受けながら
人気のない庭に坐り

別れを告げたかの人を偲ぶ
雨がふれば感謝あふるる心で
雪がふぶけば愛しい思いで
風がそよげば心痛む悲しみで

遥か彼方
大きな樫の木となり
眠る人を思い返す

Als letzte Reise hat er die alte Stadt hier besucht
Immer mit einem Lächeln
Immer einem helllichten Antlitz

Zwischen blaugrün aufwachsende Moose gehend
Süßen Geschmack von Yuba-Reis schmeckend
Auf einem Gartenstein sitzend
Stille Welle des Teichs sehend
Der Kranke war immer herrlich heiter

Aber jetzt sitze ich unter herunterfallenden
Blumenblättern im leeren Garten
Denke ich den Abgeschiedenen nach

Wenn es regnet,
Wenn es schneit,
Wenn der Wind weht,
Mit dankenden Herzen
mit liebenden Erinnerungen
mit schimmernder Trauer

An den, der fern als ein großer Eiche-Baum
schläft, erinnere ich mich allein

Rakushisya - Haim An Reinhard Döhl

Im Hain liegt das Rakushisya still
Das Grab von Kyorai im neu -grünen Garten
Davor schenkt er ein Räucherstäbchen
faltet die Hände zum Beten ungeschickt zusammen

Auf einem im Schatten schwankenden Bank
sitzt er, denkt ein Haiku aus
Dann steckt es in einen auf einem Zweig
gebundenen Holzkasten hinein

Wo gibt es noch jetzt das Haiku
Noch nass bleibt es im Regen?

Ein Strohmantel und Hut hängen
Auf der Wand neben Eintritt
So, der Hausherr ist gerade zu Hause
Wir lächeln es bejahend miteinander

"Der Wind rauscht im Zweigen der stehenden Bäumen
dort leben die alten Dichter noch"
Das Wort, so sagt er, bleibt in meinem Ohr

Bald kommt die Nachricht von seinem Tod

廬山寺

遠い国から
訪れた古寺
枯山水の庭
ひとたび坐り込んだら
動かない

桔梗の庭へ
下る階段に
腰を下ろすと
長い髪を
ほどき始める
紫式部が
栗毛を
梳《くしけず》る

石
苔
仏像は
無名となって
綽然《しゃくぜん》として
微笑みかける

鶯張りの廊下に
坐り込むと
ベッティーナは
満ち足りた顔で
縁の息吹きを
呼吸する

Der Rozanji-Tempel

Vom fernen Land ist sie hierher gekommen
Wenn sie den Trockenlandschaft-garten des Tempels
einmal besucht, verläßt sie ihn nicht einfach und bleibt lange

Auf der Treppe, die zum Ballonblumengarten unterführt,
Nimmt sie Platz und beginnt ihr Haare zu entflechten und zu kämmen
Eine Murasaki-Shikibu kämmt ihr lange braune Haare

Die Steine, Moos und Buddha-Statuen verlieren
Ihre eigenen Namen, ihre einmalige Existenz
werden großzügig und lächeln sanft ihr entgegen

Auf den Fußboden von Nachtigall-Flur
Macht sie, Bettina, ein zufriedenes Gesicht
atmet tief den grünen Hauch des Tempels

真蔵院

門前の萩
豊かに叢生　しだれる
大賀ハス　花を終え
まだ青い大葉を風がゆらす
藤棚の枝　幾重にも重なり
天蓋を作り
森の木々遠く騒めき
鳥の声もはるか

毘沙門天
邪神を踏みつけ
黙して威嚇　忿怒の武将
右手に宝塔
左手に宝棒

地蔵菩薩

片足をひざに
目を細めておだやかに坐す
右手に銀杖
左手に宝珠

墓石は立ち並び
地底からの声のない声

すえられた祈禱台
ひっそりとあげる
線香の薫り

天蓋のもと
すっぽり坐りこみ
静寂に身をゆだねる

　すべての頂きに
　憩いあり
　すべての梢に

そよぎ一つきこえず
鳥は森で沈黙す

待てしばし
お前も又憩うらん
　　ゲーテ

静寂は憩いをもたらし
Ruhe は安らぎ　おだやか
真蔵院はただ静まりかえり
Stille は無色にして透明

待てしばし
お前も又静みゆかん

静寂へ
存在の完全なる消滅へ
いざなわれてゆく　か

（注）Ruhe　静寂・休憩・永眠・平穏
Stille　静けさ・沈黙

大賀はす

水中深く姿を隠し
ひと冬　黙す
目醒め　芽　小さく
水面に顔を出し
茎　背をのばし
葉　大手をひろげ
六月　紅色に花開く　朝
花びらをほろりと零す　夕べ

反復発生
死から再生のドラマ
今年も繰り広げられ
円環をひとつ描く
大賀はす
太古の花の再生

絡む　もうひとつ

落合遺跡の泥炭深く
六粒の種
生き返る一粒

歴史を刻み開花
個体発生を繰り返す
時　めんめんと繋がり
系統発生に個体発生が
円環に円環が交差
目前の花となる

稀有なり
ふっくら　さわやか
十六弁の花

重い

Ⅲ

水玉

ドアを開け　ふと振り返る
こちらを見つめている
粘着質の眼差し

口は閉ざされ
眼光だけが追ってくる

これから起ることを
予感し予測し
ひとり取り残されて

葉上で水玉を揺すり

転がし　蓮の花
するりと零す　あなたを
ひと欠けの血塊
飛んで息を止め
意識を閉ざし

手許に残る
強固な骨片と
黒曜石二つ　眼
眼蓋の裏に黒々と

恋歌

雑木林に
そそり立つ木の間を
さ迷い歩く

巨木の太い幹
しがみつきたい
若さ漲れる脈動を
聴いてみたい
強靭な枝にぶら下がり
ぶらんぶらんと
揺られてみたい

嵐の夜には　だが
大木が根こそぎ倒れ
無残な姿を曝している

日溜りを求めて歩き廻り
夜　ひとり坐して身を震わす

痛いの痛いの飛んで行けと
呪文を唱えてくれないものか

微笑を交わし　手を重ね
体を合せても
隙間はホロホロと零す

深く刻み込まれた皺
こちらに向けられ
眠り込み　思わずより掛りくる
すっと身を退く
倒れ込んできても

淋しさはたえず零たる
抱え上げようにも

力くらべの大餅に
引っ繰り返るだけ

存在の重さを
ひとり地球に預け
すべり落ちぬよう
足を踏ん張る

雲にのる

青く高い空
冴もかえらぬ深遠
憑《つ》かれて
わたしは飛び立つ

飛んで　飛んで
ふと　白い雲をつかみ
ふわりと着地

広大な藍の大海
雲に乗るあまたの影
はかなさを味わいつくして

だが風が吹き

雲が飛び散り
青い深みに振り落されて

泳ぐ　泳ぐ
無限を弄《まさぐ》り
奇遇を願い

荒れ狂う嵐
灼熱の太陽
凍える月

微微たる納得を打ち砕き
踠く一掻き　一掻き
宇宙のはるかを知らしめて

あれにもこれにも
シジュポスもがきを止めぬ

青い無限をつめ込み
樽は底がぬけて
飛んで泳いでわたし

波も立てずに
ひとえに探し　求め
思考して

富士と煙突

摺鉢型の〝灰紫〟
輪郭浮き立たせる
〝vermilion〟ぼかし紅
空はくすぶる
〝cerulean〟青濃彩

だが　この日
裾ひろがりの白い斜形
冷たく　厳めしい表情
するどく　向い立ち
きびしい声を上げる
身を律せよ
身を滅ばせと

振り返ると
空高く透明な煙を上げる煙突

かなきり声で迫る
お前を廃棄せよ
お前を焼却せよと

錠をかけられ
10センチしか開かぬ窓に
額を押し当て
途方に暮れる

解き放たれて今
見上げる富士
夕焼に染まり　晴れやかに
purpurrot 紅紫

太くゆるぎなく煙突
タユ　タユ　と　姿を見せる
türkisblau　トルコ石ブルー

草野心平は「夜の中に沈もうとする不尽《フジ》」で色はなやかな山の姿をうたっている。だがそれを武蔵野の病院の吹きっ晒しで見たのだ。

※〝ヴァミリオン〟〝セルリアン〟灰紫は草野心平詩文中での用語の引用。

遊ぶ

何だ　何だ
なぜだ　なぜだ
探求の開始
問いは無限に連鎖

何人にも止められない
何人にも妨げられない
自由への飛翔

朝　7時起床　8時朝食　10時体操
昼　12時昼食　14時昼寝
夜　18時夕食　23時就眠

日常は選択自由なし
ルーティンに嵌め込まれ
だが一度目《ひとたび》を瞑る

解き放たれ
広がる脳内宇宙
思考とは抑えがたいものと
フランスの町の哲学者

レム睡眠　ノンレム睡眠
眠りの波浪に揺蕩う
波間にささやかな幻想を描き
果てない無空に向かい
白きカンバスにそっと筆跡を残す

寄るべない　頼りない
何物にも倚り懸かれない

破棄してはなるまい
逃走してもなるまい
この自由を

ひたすらに
ひたすらに
ひとり

残響はバタンと

老母は
末期ガンと告げられ
断食を始めたという

誰かに唆《そそのか》されたのでも
入れ智慧されたのでもあるまい

医者様はどちらでも
同じと宣う

そうかもしれない
そうかもしれない

「潔う死ぬまいか
　死ぬまいか」

自ら死を受け入れる

今や　体の奥底を
ノックされている
耳を閉ざしたい
眼を瞑りたい
避けがたいゴール
回避するのか
逃げまわるのか

転がり行く命を差し止め
揺蕩いゆく流れに悼
安易な道を安易に受け入れ

恰好よくない
美学に反する
鱓《ごまめ》の歯軋り

武蔵野赤十字病院の吹き曝し
草野心平が見た富士
灰紫の鋭角　ザクザクと
稜線を描く
ヴァミリオンの夕焼

今　昭和病院の五階でみつめる

いずれ
鉄のトビラが背後で
バタンと閉じられる

寂寞

森深く　耳傾けども
答え　木の騒めき

天高く叫べども
声　砕け　飛散
雨しずくが返る

込み上げくるもの
おさえ難く逡巡す

忘却　癒やし難く
赦罪　受け入れ難く
慰め　望み難く

ただ
寂寞に身を浸す

遺影

沙羅双樹に滴る雨しずく
食堂の窓辺
背後に聞こえる声に
揺られる
コーヒーの残り香

部屋にもどると
残された遺影
紙一枚

はるかに去った人
そこに居る

おはよう
おやすみ
通り過ぎるたび
視線が追ってくる
かすかに微笑をうかべ
遠くからの便り
だが
返す言葉は
届かない

Ⅳ

武蔵野の記

雑踏を走り抜け　電車は
無人駅に　辿り着く
モーターが息を止め　ドアが開く
清涼な風が吹き込み
一刻の静寂を運びくる
土の匂いは深く沁みる

開ける畑の黒い土
こんもり連なる雑木林
たちまち緑の葉をつけ
たちまち色づく葉を落す木々
聳え立ち　林立する

薄雲たなびく深い空
風がゆらす草花

礼儀正しく整地される畑
射し込む冬日の暖かさ
舞い込む春先の砂塵
足の裏で霜柱はきしむ

広大なやさしさが立ち籠め
すべてを抱きとめる
未だ　なお　ぬくい

長い不在の後でも

小金井の風

野川の水から立ち上り
「はけ」を駆け登り
むじな坂　無言坂　見晴し坂
大尽坂にも力つきず
公園に吹き込み
森林が受け止める

灌木並木を通りくると
広げた両腕をくぐり抜け
仁王立ちする身体を貫き

春　惜しげもなく　桜を散らし
夏　清涼を届け
秋　金木犀の香りを運び
冬　厳しさに　歩行を止める

嵐は大木を根こそぎ倒し
草地に小枝が散乱する

いつの日からか
ここに風が立つのを知る
風土　顔をしかめる　時には

角を曲ると
正面から向いくる
身構える
たわむれる
風が生きている

風土がのたうつ

公園

雑木林は高みで日陰を作り
見上げる枝先に朝日が煌めく
休日の公園

隊列をなして球場へ向う少年達
黒いシルエットが
額縁絵の中を駆け抜けて行く
一斉に前屈みでペダルを踏む

日焼けした筋肉質の足が走りすぎる
胸を弾ませ壮快を顔に描き
擦れ違い微笑を交わす
大小の自転車に乗る父と子のお喋り

爪先立ちで歩くコリー　尾がリズミカルにゆれる
ラブラドールが柴犬と
プードルが秋田犬と

リードにひかれて朝の挨拶

緑を深める木々に囲まれ
ぽっかり青空をのぞかせる草地
紙飛行機を雲に向ってとばす笑顔
木に引っ掛り竿で苦心の救出

銀杏の幹に張り付き動かぬ人影
大木から響く脈動を体全体で受けとめる
休日の公園

白いベールを靡かせシスター
修道院から散歩へ
木陰をせっせと歩き
緑濃い祈りの館へ列をなして帰り行く

孤高の菩提樹の前に立って
胸をはり歌う姿
Am Brunnen an der Tor steht
ein Lindenbaum と私

曇天

大都会はすっぽり
雲に被われる
スカイツリーも　六本木ヒルも
富士さえも

高さを競い合い　直立するビル
脚下で蠢く人々
銀座も　丸の内も　浅草も
笑い泣き叫ぶ頭上に
雲は垂れ籠める

赤く輝く夜の東京タワー
横に縦に連なる光の海
遠方《おちかた》を望む者にも
覆い被さる雲は重い

つき貫けて宇宙の無限へ
飛び立ったロケットさえ
エンジントラブル
カザフスタンで
地上に舞い戻る

雲に阻まれ
引力に縛られ
浮揚を拒まれて

雲を突き破り
天空へ　天穹へとめざす
連凧に乗って　上へ上へ　高く高く

おとずれて…

日差し日毎になごみ
めざめへ促がす
芽をだし　花をつけ　そして開花
葉を茂らせ　萌え出そして緑陰をつくる
忘れずに訪れる春日

緑界　脈動し
醒めざる者をも
覚醒へ誘い
生へと導き入れる

たわわに花の盛り
たちまち綻び
姿をかえ　移りゆく

福寿草　黄色の頭を覗かせ
すずらん　白い鈴をつけ
今や　ふっくら丸い虎の尾の花を探す

急ぎ足で　繰り広げられて
待て　待て
ひとりあがく
春の憂鬱

萌ぎ

花を散らし
櫻　葉をつける
空　高く
毛細血管を
張り巡らせて　巨木
浅緑の新葉を覗かせる

まって、まて
だが　天と地　緑を湧き起こし
万木千草　広大な宇宙が萌え出《い》づ

人は佇む　坐り込む
清新な息吹きを呼吸する

柔らかなやすらぎ　緑
いまだ目醒めざる命　萌え立ちぬ

緑雨

広げたページに
空高く緑の梢
雨しずくを滴らせる
行間に残る雨跡

上下　右左
押し寄せる緑の気配に

静寂　浮遊をさそう
陥ち入る忘我

めざめの果に
走る稲妻
両手を広げ　掌で
ひらめきを捕える

好日

天空に
火星の笑窪《えくぼ》をつけた
新月が浮ぶ

茜色の残照に
斜形のシルエット
深紫《コキムラサキ》を深め
波うつ鋭角の陵線も
眼下に引きつれて

浮ぶ雲を手操り寄せ
胸に抱き
頭にかざし
裾を覆い
姿を隠す

だが　あけぼの
すっぱり全身を曝け出す
白色の潔さが
紺碧の空にそびえ立つ

富士

V

間

人は内と外
外は外と対峙し
そして間に立つ

我と我のあいだ
我と汝のあいだ
我とそれのあいだ

人間とは人と間
あいだには心がある

Ich と Ich の間
Ich と Du の間
Ich と Es の間

心は間を行ったり来たり

間で跳ね返る　飛び出す　空振り
打つ　返す　放り上げる　捉まえる
心の白球
Auseinandersetzung（相互交換）

打ち損じると
天空にとび出し
失恋は星に
ただ光りを送ってくるだけだが
星は美しいという

真善美を越えて
間にあって心は蠢く

何もしない無爲の中
Du も Es もいない中
心はあるのか

心は内ではなく
間にある

内と外

上から下から内視鏡　内をのぞく
皮膚の上をすべり超音波　脈動する内臓を探る
ＭＲＩ　ＣＴ　Ｐｅｔ　内部構造を画面に　乗せる

動悸　結滞　頭痛　腹痛　熱まで出る
異議を申し立てる内

うごめく細胞　情報網を張り巡らし
シノプスからシノプスへとびうつり駆け廻る

形而下　姿を変える　形而上へと
理性　悟性　知性　喜びが　悲しみが　内から滲み出る
書く　話す　歌う　表現が　形成が　内の自覚を促す
内が形となり　掌の上に乗るではないか
内と外を背負い続ける私

急ぐ…なぜ？

五日市街道を渡る交差点
信号を待つ
絶え間なく行き交う車
ベンツ　ＢＭＷが
時にはポルシェが
脇目も振らず急ぐ
向上へ　発展へ
繁栄へ　贅沢へと
突き進む
ここには前進あるのみ

まぼろしの中に古都
賀茂川のほとりに立ち
バスを待っていた
車は行く　同じ様に

桜吹雪の中　白い時雨の中
時の流れに乗って
ここは過去に立ち返る
根源へと流れ行く
逆進　至高性へと

大都は　向上一路
限界への挑戦
果敢に戦いをいどむ
勇ましい　格好いい
だが　終局には想定外が起こる

東京駅の面前
聳え立つビル群
繁栄を求めて
上へ上へと背を伸ばし
横へ横へと手を拡げる
大都会の造形美
幾何学模様の人工美

だがここは幾度か破壊され
幾度か零から立ち上がり
破壊と復興の繰り返し
天災か　戦争か
ビルとビルとビル
上下左右にのたうつのが見える

湧き立つ大都
とり残されて
砂漠にひとり
前進は是か　逆進は否かと息巻く

「環世界」

時を刻み
年を重ね
生業から解き放たれ
なお現われる風景

飽くまでも　空は広く
　碧は深く
　雲は軽い
密やかに　梅は綻び
　桜はしだれ
　牡丹は枯れる
闇を震わす　スズ虫
　キリギリス
　カンタンの声
望洋と　石に坐し
　満月を仰ぎ

天空に遊ぶ

背は歪み
足はよろけ　だが
思考の動く氷河に
乗り歩き来て
見えないものが
見える
老いが開く世界
一回限りの

（注）森田真生は「数学する身体」（129頁）で述べている。人はみな「風景」の中を生きている。それは客観的な環境世界についての正確な視覚像ではなくて、進化を通して獲得された知覚と行為の連関をベースに、知識や想像力と言った「主体にしかアクセスできない」要素を混入しながら立ち上がる実感である。……

如是我聞

「Be water, my friend!」と
ブルース・リー
「Stay foolish, stay hungry!」と
スティーブ・ジョブズ
そう生き様を見せ
死んでいった
言葉だけ残り
生の証しを語っている

水はコップだ　ボトルだ
川に海に津波になる
体の中を流れ
時にたぎるが　時にしずまる
変身の早さ　しなやかさ

だが水は水
流転の果てなお存在を保つ

己として生き続ける
如何なる荒波のなかも

空腹は食欲を喚起こし
渇望は力を生む
愚かさは謙虚さを
欠陥は意欲を
欠落は創造を促す

思い込みの箍を緩め
軛から己を
とき放てと

真意は様々な絵を描く
言葉は喪失の果て　なお
存在を刻み続け
人はそこで生き続ける

いにしえから流れ続ける大河を
潤わせつつ
揺蕩い行く

娘よ

己れの感性を大事にせよ
己れの感性で世界を捉えよ
茨木のり子
向田邦子
伊藤比呂美だって
感性の人

個を育み
我をみがき
自らに忠実に

己の感性でインプット
己の感性でアウトプット

内なるもの
外に打ち出してこそ

真となる

善悪　美醜　黒白もない
あるのは受容する自己
打ち出す自己
強い自己主張

懐疑をすて
躊躇せず
誇らしく己の感性を

娘よ

酷暑にて候

暑い　汗は流れ
熱気にあえぐ
精気は萎え
体力は失せ
冷房をかけはなし
カーテンを引き
閉じ籠もる
息を潜める

自然の脅威
人間の抵抗はささやか
太陽　燃える　沸騰する
上から下から照りつけ
日差しの中は歩けない
風が宥め

木陰はやすらぐ　束の間

人新世の到来
過酷に耐えざる者
退却か
だが生きねば
　変わらねば
　進化できねば

人間の侵す環境
この誤謬を正せるものか

暑い　汗が流れ
熱気にあえぐ

Ⅵ

求婚あそび

習いたての外国語
口にしてみたい
I love you
Ich liebe dich
Je t'aime

縁広の黒い帽子を
目深に被り
白髪と眉間の皺を隠し
白内障の眩しさを抑え

蹌踉めく足を
必死にバランスをとり
胸をはって歩く

五月の陽光の中
中学生が二人
こちらに近づく

味噌歯の背の低い方
擦れ違い様
〝帽子がよく似合っていますね〟

ふふん　中学生にしては
お世辞が上手ね
足を止めずに礼を言う

その背後から一言
〝結婚して下さい〟

深呼吸を一つ
あら、今日はあなたで
もう三度目よ

聞こえぬ声でつぶやいてみる
習いたての外国語
使ってみたい
I love you
Ich liebe dich
Je t'aime

パチンと…

散歩の帰り　細い抜け道を通る
長屋が何軒か残る
木造の荒屋　無農薬の野菜や果物を賣る
もう一軒ではぬいものやが出ている
三軒目　老女さんがひとり住んでいる
深い皺が刻まれ　温和な顔
長衣をふわふわ　長い白髪がひらひら
家の前で花や植木の世話をする
みすぼらしい　あたたかい
お隣りの国からこられた人のよう

老女さんの植えた桔梗の花のつぼみ
私はこっそり潰す
パチンとやってはゴメンヤス
パチンとやってはゴメンヤス　いやな奴

子供の頃志賀高原で潰して廻った思い出
手に残る

ある夏の夕方
老女さん道の反対側に椅子を出して夕涼み
前を通る　どうする！　黙って通りすぎるか

〝今晩は　涼しくなりましたね！〟

老女さん微笑み　頷く

あちらもひとり　こちらもひとり
あちらも老いて　こちらも老いて
互いに微笑み　互いに触れて

そんなことが二、三度

だが突然姿を消す
長屋は閉ざされ　深閑としている

ある日　中年の男性が来て　後片付け
家を整理　植木を片付ける

あの人はどこへ
たびたび家の前を通るが
二度と姿を見かけない

今日はひまわりが大きな花顔を見せていますよ
秋には桔梗が誠実に紫色の花を咲かす
パチンとつぼみを潰すのはやめよう

Ⅶ

しだれて…桜

はるかに
嫋《たお》やかな立姿
青空が紅色に染まる

掃き清められた
境内に
ひっそりと
こんもりと

丸いなで肩の観音
細長の指先を

しなやかに伸ばし
かろやかに　千手をひろげる
やさしく千手を垂らす

花下にたたずみ
すっぽりと紅色に包まれ　我
細やかな垂れ枝に
そっと指を絡ませ
花の囁きを聞く

ひそやかに
ひめやかに
生は生を抱擁する

Trauernd... die Kirschblüte

Fern ist zu sehen
Eine zierliche Gestalt, die Göttin-Kannon
Färbt den blauen Himmel rot

Im gesäuberten Schreingarten bleibt stehen
Die weibliche Figur, die Kannon mit tausenden Händen
Wölbend und geheimhaltend

Mit den runden Schultern
Die Göttin-Kannon
Die zarte Finger streckend
breitet weit aus
trägt tief unter
ihre Tausende Hände

Unter dem Kirschbaum
stehe ich ganz in Rot getauft
höre die Flüsterstimme der Blume
ruhig und geheimnisvoll

Ein Leben armt ein anderes Leben um

紫あじさい

花と対峙
豊潤な彩色
心を染める

青紫　指先より
内心へ染み渡る

黙し　動かぬまま
心を揺する
心を満たす

生と生の交歓
生が生を頂く

紫陽花

青紫の小花
押し合い圧し合い
盛り上がり
こぼれ落ちる

紫陽花一輪微笑む
水々しい輝く姿に安堵
だがたちまち花弁は丸まり

反り返り項《うなじ》を垂れる

慌てる
しずくに濡れて
晴れやかに歌い出し
花弁は互いに寄り添い
ふっくら手鞠をつくる

花被の織り成す
花色の豊潤
虫の心にも訝するものか

花泥棒

日差しに誘われ
咲く寒緋櫻
深紅の花びら
寒風に震え
冬と春とが交差する

散歩の道すがら
山茶花を一輪
山茱萸《サンシュユ》の小枝
白椿の蕾を一つ
ひそかに頂戴する

紅紫の諸葛菜《ショカッサイ》を摘んでは
色に咽せる
紅梅　白梅　蠟梅
枝に顔を寄せ
香りを頂き
落ち花を拾う

私は花の庵主
魔除けの花びら
扉の上で人を招いて

花だより

「染井吉野」「山桜」「霞桜」と
早く醒めた「寒緋桜」　まだ紅色を深め
「寒桜」「河津桜」「陽光」「大漁桜」　もう花びらを散らしている
「染井吉野」老いた幹を黒々とくねらせて青空に白い雲を浮かべ
腰高の木　右から左から枝をのばし　頭上で重なり　桜の天井から
花吹雪を舞わす
上から下から花に包まれて人は立つ
「白雪」「江北匂」そして
「駒繋ぎ」が白い花と緑の葉で小手毬を作り枝を伸ばし咲き誇る
今日の「有明」は薄紅色の大きな花弁を見せ隣りの「御車返」は
八重かと見紛う姿

緑の繁みに一つ二つと二輪草が白く
　風に吹かれている
東の草地で「大島桜」堂々とした花姿を見せ　こんもりと大きな
スカートを脹らませ　浅緑の葉をつれ大振りの花が香りを立てる
名物桜は心を紅色に染める
ゆっくりと八重桜の出番
「一葉」「普賢象」「楊貴妃」
終りに「関山」が色濃く重なる花びらを濃艶にほほえませる
二〇〇〇の花舞の饗宴に桜色に染まって
心は花びらにのって漂い行く

花舞

長い花筒の先に頭を丸め
うずくまるお前が
夜　背を伸ばし
五弁の花びらを開く
おもむろに白いヴェールを広げ
花の顔《うてな》を綻ばせる
闇に浮ぶ白い神秘を
知る者は少ない

だが陽が昇るとお前は
ヴェールを畳み込み

面《おもて》を隠し
身をすくめて
ポロリと路面に落ちる
行く人は惜し気もなく
踏みしだく

烏瓜の花よ

草原のかたすみの
レースの白い乱舞に
心を止めて

花姿

すずやかな様姿
楚々とした佇い
うち黙る昼

陽が翳るや
長いうなじを伸ばし
淡い黄緑のおもてを覗かせ
星形の花唇を開いて
やさしいメロディーを奏でる

夜が深まると麝香《じゃこう》
明け方に向い
花の蝶となり
幽玄の香りを
振り撒く

まどろみに忍び込み
夢を彩り
恍惚をさそう

私の夜来香

梔子

豊かに開花
花芯は幾重にも重なり
折り込まれ
花弁の襞深く
艶やかな　香り
立ち上る

色は溢れ
薫りは滴る

甘やかな二重奏
身をゆだね
天空に浮ぶ

だが花冠は黄化
とどまる間もなく
褐色へ

うたかたの白い無慚
くちなしの花

—美の味を—

さつきの花が届ける美味
むせ返る香り
滴る白色
小花が集う豊潤
甘味に花姿が浮かぶ

乳白色の小花を下垂させ
しらくもを映す
白雲木

細い花びらを絡ませ
豊かに小花を雪と散らす

ヒトツバタゴ

芳香に満ち
蝶の花をしたたらせる
ハリエンジュ

輝く彩色　つややかな薫
あふれる豊饒
強い自己表示
人が群がる
蜂が群がる

エノ木
トチノ木

百花蜜

シーダーローズ

聳え立つヒマラヤスギ
腕を幾重にも垂し
緑の葉を茂らせ観音立像

秋　突然口を開き
可憐な薄みどりの芽をのぞかせる
黙する樹がささやきだし
時遷り　色深め　声たかめ

冬　待ちくたびれて
身軽となり

鱗片をまき散らし
松笠　飛翔し落下
土上で花と開く

命を果す球果
ひろい上げ　晴着を飾る
寡黙なヒマラヤスギ
晴れの場で　ローズとなる

あとがき

ある画家は絵画を作ることは、思考と感情に一つのイメージを与えること、動機と意図は重要ではないと言う。詩人であれば、詩を書くことは思考と感情に一つの言葉を与えること、動機や意図はあまり意味はないということであろう。ある詩人は詩とは魂を言葉に乗せて表現することと言う。

いずれにしろ、日々心を掠めたことを、心が動かされたことを、そっと捉えて、内で成熟させ、言葉で詩にしているのであろう。

日頃何気なく詩を書いている。そして第一詩集を出してから八年ほどたつ。その間の足取りを纏めておきたいと思う。その間、何を感じ、何を考え、何を思ったか。その印、足跡である。

香山雅代氏を始め、メシエ同人の皆様には様々な助言、批評を頂き、特に佐伯圭子氏には忍耐強く導いて頂き、ありがたく思っております。詩誌「メシエ」をそのつど読んで頂ける皆様、特に山本十四尾氏に励ましの言葉を頂き、ありがたく感謝いたします。お蔭を以って、何とか詩を書き続けてくることが出来ました。

編集、校正等を引き受けてくれたエディット・パルクの相原奈津江氏には、日々何かと助力や励ましを頂き、まことにありがたく存じます。

二〇二四年七月

内藤恵子　一九三六年、東京に生まれる。
日本現代詩人会会員。Messier 同人。主な
著書に、B・フォン＝コップ著『チェコス
ロバキアにおける女性の平等について』
（訳）、（共訳）ホルスト・E・リヒター著
『神コンプレックス』、『ジェンダーフリー
教育（フェミニズム）を学校に』、『境界の
詩歌』、『Die Funktion der Monologe in Goethes
Drama "Iphigenie auf Tauris"』、『遠望』がある。

しだれて…桜
2024年10月15日　初版第1刷発行

著　者　内藤　恵子
発行者　相原奈津江
発行所　エディット・パルク
〒617-0822　京都府長岡京市八条が丘2-2-12-206
Tel&Fax.（075）955-8502
http://web.kyoto-inet.or.jp/people/cogito/
印刷・製本　亜細亜印刷株式会社

ISBM978-4-901188-13-5 C0092

内藤惠子著作　エディット・パルク刊

境界の詩歌

第1部

Ⅰ Schwierigkeiten der Übersetzung japanischer Gedichte

Ⅱ Schwierigkeiten der Übersetzung japanischer Gedichte の注釈的補足：日本人の詩情／40年前の思い出／外的風景と内的風景／切字「かな」と「や」／掛詞

第2部

Ⅰ 教育学的論考：母性保護論争について／『母親の態度・行動と子どもの知的発達』の日米比較研究における比較研究の問題点／自己表現の一考察／童話を読む

Ⅱ 翻訳編：西ドイツにおける女性と職業／ドイツ連邦共和国における女性学研究について／ドイツ連邦共和国における女性の立場／チェコスロバキヤにおける女性平等について

境界の詩歌　補遺

POESIE AUF DER GRENZE Appendix

Die Funktion der Monologe in Goethes Drama

“Iphigenie auf Tauris”

ゲーテの古典劇

「タウリスのイフィゲーニエ」における

独白の機能

内藤恵子著作　エディット・パルク刊

遠望

Ⅰ 詩

遠望：The white Kobushi-flowers 白いこぶしの花／揺れる／遠望／バニラアイスクリーム／疎開／堰／零れるもの

異郷：Altweibersommer ―遅ればせにやって来た夏―／エトランゼ／マドリガル／フュルス(一)／フュルス(二)／ヴッパータールのケーブルカー／廬山寺

惜別：高野川の桜並木／約束／散歩／消炭／春眠

花：ヤマボウシ(一)／ヤマボウシ(二)／蝋梅／雨／ドライフラワー

風：白い雲／春風／Somewhere

命：病床記(一)／病床記(二)／ひかり

虫：毛虫と汗／同居人／蜘蛛

永遠：作品「ドローイング　紫」／古都／軽く　澄明に／古家／何を　誰を

献詩：香山雅代氏へ／S・T・氏へ

Ⅱ エッセイ

ゴブラン織／おやつの思い出(一)／おやつの思い出(二)／おやつの思い出(三)／指揮台をたたく音／おばとの別れ／久保田一竹美術館／追悼　大西宏典氏へ／追悼　松尾直美さんへ

Ⅲ 評論

日本人の詩情／四十年前の思い出／俳句雑感1　外的風景と内的風景／俳句雑感2　切字「かな」と「や」／短歌雑感1　掛詞／短歌雑感2　詩的技術としての錯誤

エッセイ集 終わりのない出立

Ⅰ ドイツを考える：ドイツの思い出 デーク家／ドイツの旅／出立／ドイツを考える／Bruno Walter の矜持／無駄な死／ナーゲル夫人のこと／一九四六年のベルリン／二つの記念碑／ドイツについての話／「幻想」／黒い教育学／ゲルハルト・リヒター／求婚広告／ポルシェ／戸口の外で

Ⅱ 数とは：「情緒」／―直線と曲線―

Ⅲ その他：お地蔵様と戦争／自主・自律・自己思考